PATACOADAS
Patricia Auerbach

Copyright do texto e das ilustrações © 2016 by Patricia Bastos Auerbach

Grafia atualizada segundo o Acordo Ortográfico da Língua Portuguesa de 1990, que entrou em vigor no Brasil em 2009.

Preparação de texto
LILIAN JENKINO

Revisão
KARINA DANZA

CIP-Brasil. Catalogação na fonte
Sindicato Nacional dos Editores de Livros, RJ

A928p
Auerbach, Patricia
Patacoadas / texto e ilustrações de Patricia Auerbach. — 1ª ed. — São Paulo : Escarlate, 2016.

ISBN 978-85-8382-034-5

1.Ficção infantojuvenil brasileira. I. Auerbach, Patricia. II. Título.

	CDD: 028.5
15-24803	CDU: 087.5

14ª reimpressão

Todos os direitos desta edição reservados à
SDS EDITORA DE LIVROS LTDA.
Rua Bandeira Paulista, 702, cj. 71D
04532-002 — São Paulo — SP — Brasil
☎ (11) 3707-3500
☑ www.companhiadasletras.com.br/escarlate
☑ www.blogdaletrinhas.com.br
◾ /brinquebook
◎ @brinquebook

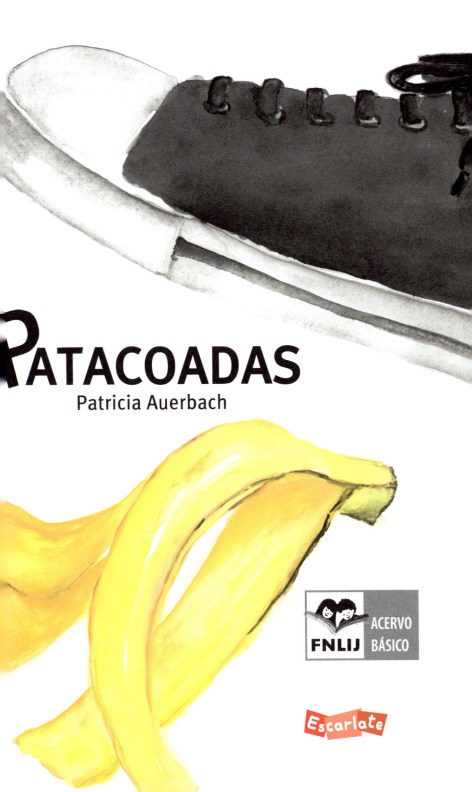

Para Deco, Léo,
Tomás, Sofia, Licco,
Theo, Dú e Rafa.

Sumário

Presunto ao mar!.. 11

Tá na época... 19

Bolachinhas e escova de dentes.......................... 29

Quebra-cabeça de bolo....................................... 39

Não deu para segurar.. 51

Minhas férias.. 63

Uma vez salomé, sempre salomé!........................ 71

Aniversário em inglês.. 83

Presunto ao mar!

Eu já era mocinha quando a mãe de uma amiga ligou lá em casa e pediu para falar com a minha mãe me convidando para uma viagem de férias. Além da autorização para ir com eles, ela queria saber umas coisas sobre mim. Não consegui entender toda a conversa e não sei exatamente o que ela perguntou, mas ouvi minha mãe dizer:

— Fique tranquila, ela come de tudo. Qualquer coisa!

E disse isso reforçando bem o "qualquer coisa", que era para não ficar nenhuma dúvida. Depois disso, seguiram a conversa para outros assuntos.

Em poucos dias, eu estava de malas prontas para a tão esperada viagem com a família da minha amiga da escola. Era um grupo enorme e eu só conhecia a Lili e os pais dela. Logo na primeira noite, sentamos todos numa mesa bem grande, em um terraço debruçado sobre o mar. Já era tarde e lá na cabeceira o pai da Lili começou a preparar o jantar. No cardápio, sanduíche de presunto, que eu nunca gostei muito. Mas, para não desmentir a minha mãe logo na primeira refeição, decidi que mesmo não sendo meu prato predileto eu comeria o que fosse oferecido.

Acontece que o presunto daquele sanduíche não era fatiado com máquina como o da padaria. O pai da Lili usava um canivete e por isso, em vez de fatias bem fininhas, o presunto saía em toras que mais pareciam bifes. Respirei fundo e disse várias vezes para mim mesma que não era tão ruim assim e que o pão era tão gostoso que disfarçaria o sabor do recheio. O sanduíche saiu da ponta da mesa e veio de mão em mão até chegar em mim. Com um sorrisinho forçado, agradeci e dei a primeira mordida, muito concentrada, olhando para o infinito e torcendo para que aquele sofrimento acabasse logo. Só que depois da terceira bocada eu concluí que não conseguiria terminar a missão. Mesmo assim não queria confessar o meu pouco apreço pelo presunto para não deixar minha mãe passar por mentirosa. Então decidi me livrar de uma vez daquele recheio indigesto.

O plano parecia perfeito. Tirei devagarinho a carne de dentro do sanduíche, puxando-a para o lado com o guardanapo, e continuei sorrindo para ninguém desconfiar do que estava acontecendo. Quando, finalmente, pão e recheio estavam separados, respirei, aliviada, e arremessei o presunto no mar, torcendo para que ele afundasse rapidamente e encerrasse a questão sem maiores problemas.

Mas o mar ali era muito calminho e o pedaço de presunto era tão grosso que quando caiu na água fez um *plooooooft!* tão alto que a mesa inteira se virou para ver o que tinha acontecido. Eu fiquei roxa de tanta vergonha, mas, como ninguém disse nada na hora, agi com naturalidade, achando que o pior já tivesse passado. Continuei sorrindo e terminei meu pão sem recheio como se nada tivesse acontecido.

Só que aí veio a oferta de uma segunda rodada de sanduíches. Antes que eu dissesse que já estava satisfeita, o pai da Lili, lá do outro lado da mesa, virou-se para mim e disse bem alto:

— O seu é sem presunto, não é?

TÁ NA ÉPOCA

Quando eu era pequena, meus avós tinham um pomar bem grande em casa. De lá saía boa parte das frutas e verduras que a gente consumia quando passávamos as férias com eles. A enorme vantagem é que não precisávamos comprar figos, pêssegos nem laranjas, porque podíamos pegar tudo direto no pé. A péssima notícia é que na época de maçã só tinha maçã na fruteira, e na temporada de morango a gente ficava quase cor-de-rosa.

E assim os dias passavam, e a casa ficava toda cheirando a morango até que alguma outra fruta começasse a amadurecer no pomar. Aí começava tudo de novo. Suco de pêssego, lombo com pêssego em calda, geleia de pêssego, compota de pêssego,

pavê de pêssego e tudo mais que se pudesse fazer com a fruta da estação.

Uma vez, a produção de maçãs do pomar foi tão grande que nem com toda a criatividade a vovó conseguiu dar conta de usar tanta fruta nas suas receitas. E quando ninguém aguentava mais comer maçã com canela e cuca de maçã as férias acabaram e chegou a hora de voltar para casa em São Paulo.

Eu já estava quase saindo para o aeroporto, com documentos e passagem guardados na bolsinha de plástico fornecida pela companhia aérea, quando a vovó comentou que tinha separado algumas maçãs para eu levar na viagem. Achei a ideia boa, afinal aviões às vezes atrasam e, se isso acontecesse, eu teria minhas maçãs e não passaria fome. Agradeci o gesto e esperei até ela voltar com o meu lanchinho para a viagem. Demorou um pouco, mas achei que ela devia estar tirando as sementes ou pegando um guardanapinho de papel para embalar com as frutas. Só que a vovó voltou com uma sacola de papel, dessas que a gente ganha em loja quando compra alguma coisa, e para o meu desespero ela estava cheiinha de maçãs vermelhas e maduras.

Quando entendi o que estava acontecendo tentei de tudo para fazê-la mudar de ideia, afinal carregar toda a produção de uma macieira no avião não era exatamente meu plano para a viagem. Mas nenhum dos meus argumentos conseguiu mudar o destino daquelas frutas. E lá fui eu pegar o avião de volta para casa com uma sacola repleta de maçãs perfumadas na mão e uma bolsinha ridícula pendurada no pescoço com o título "MENOR DESACOMPANHADO" escrito bem grande na parte da frente. Para onde eu ia todo mundo olhava. Até hoje me pergunto se as pessoas estavam com pena por causa da bolsinha de documentos desajeitada ou se olhavam para tentar acreditar que uma menina desacompanhada estava carregando uma tonelada de maçãs numa sacola de papel em pleno aeroporto.

A única coisa boa nessa história é que como eu era menor de idade e viajava sem um adulto da família, foi fácil conseguir ajuda de um funcionário da companhia aérea quando meus dedos já não aguentavam mais o peso da sacola.

Tudo parecia bem até que me sentei na poltrona do avião e ouvi que a moça da fileira de trás comentava sobre o cheiro estranho que sentia. Com muito cuidado

para não rasgar a sacola, dei um jeito de cobrir as maçãs com as minhas pernas, na esperança de conter o perfume doce que tomava conta das primeiras fileiras da aeronave. Mas não tinha muito jeito, porque o calor da minha pele acabou esquentando as frutas, e um cheiro de chá de maçã começou a se espalhar pelo avião. Não havia mais o que fazer. Por sorte, depois de um tempo, parei de ouvir reclamações sobre o aroma e acabei pegando no sono. Essa foi sem dúvida a melhor coisa que fiz porque quando acordei o avião já havia pousado e os passageiros se preparavam para o desembarque.

Naquela época, menores que viajavam desacompanhados sentavam na primeira fila e desembarcavam primeiro para buscar a bagagem na esteira rolante. Só que eu dormia pesado e nem percebi o pouso, por isso, quando a aeromoça me chamou, tomei um susto enorme e pulei da poltrona para seguir com ela para o desembarque. Na correria, nem me lembrei das maçãs.

Não sei se por sorte ou azar, mas, quando eu estava seguindo ainda sonolenta em direção à saída, um senhor me apontou a sacola embaixo da poltrona e

eu voltei para buscar minha bagagem de mão. Nesse meio-tempo uma fileira enorme de passageiros agoniados tinha se formado no corredor do avião. E não era difícil perceber que estavam ansiosos para que eu saísse dali e a aeromoça enfim liberasse o restante dos passageiros.

Só que, quando me abaixei para pegar a bendita sacola, percebi que ela tinha se encaixado sob o assento e ficara entalada. Tentando ser rápida para não atrapalhar ainda mais o desembarque, puxei a alça com força e não me dei conta de que a lateral da sacola estava presa num ferro embaixo da poltrona.

Até hoje me lembro dos detalhes daquela cena e do meu desespero quando a sacola rasgou e as maçãs perfumadas começaram a rolar pelo chão do avião, por baixo dos bancos e no corredor, até bater nos pés dos passageiros que levavam o maior susto e se abaixavam para pegar as frutas sem acreditar no que acontecia.

Daí em diante foi tudo uma grande confusão. As pessoas levantavam as maçãs e perguntavam umas para as outras quem era o dono daquele monte de

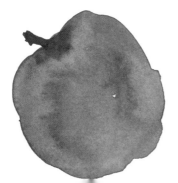

frutas. Todo mundo falava ao mesmo tempo. Quando achei que a situação não tinha mais como piorar, os alto-falantes do avião foram acionados pela comissária:

— Atenção, por favor. As maçãs encontradas pela aeronave pertencem à menor desacompanhada que se encontra na poltrona 1A. Em nome do comandante pedimos a todos os passageiros que passem as frutas para a frente até que todas elas retornem à primeira fileira. Em seguida daremos continuidade aos procedimentos de desembarque.

E assim, de uma só vez, todos os passageiros do voo ficaram sabendo que eu era a responsável não só pelas maçãs que atingiam suas canelas em pleno avião, mas também pelo atraso no desembarque, que só pôde ser efetuado quando as dúzias de maçãs amassadas terminaram de chegar à poltrona 1A e foram precariamente armazenadas no que sobrou da sacola de papel rasgada.

BOLACHINHAS E ESCOVA DE DENTES

Uma lembrança saborosíssima da infância é a casa da minha bisavó. Ela parecia personagem de livro. Era baixinha, tinha o cabelo branco como a neve e usava sempre um vestidinho florido com cinto combinando. Quando eu chegava para visitá-la, era só dar boa-tarde que ela pegava minha mão e me levava até o armário mais incrível que já vi na vida. Era uma porta estreitinha no corredor que dava na cozinha e era lá que ela guardava sua coleção de latinhas de biscoito. Tinha latinha redonda, quadrada, estampada, florida, imitando casinha alemã e de todas as cores e formatos que alguém pudesse imaginar. Eram lindas!

O mais incrível é que cada uma guardava um tipo de biscoito diferente. Amanteigado, de chocolate, com recheio, sem recheio, salgado, doce, tinha de tudo naquelas latinhas. Quando eu chegava em frente ao armário ela me deixava escolher QUALQUER uma. O problema é que eu só podia escolher UMA. Isso quer dizer que tinha uma única chance de acertar a latinha do sequilho de coco, que sempre foi o meu favorito, e isso me deixava nervosa. Nervosíssima!

Lembro até hoje do meu coração disparado em frente àquele armário cheio de cores e possibilidades, e dos intermináveis segundos que separavam o momento que eu escolhia a latinha e a hora em que descobria o que havia dentro dela. Não era fácil. Às vezes eu errava feio e pegava uma lata de biscoito salgado com temperos estranhos. Ah, que tristeza me dava!

Mas a minha história com biscoitos e bolachinhas não para por aí. Eu devia ter uns 9 ou 10 anos e, nessa época, frutas e verduras estavam liberadas em casa, mas guloseimas e bolachinhas a gente só podia comer no fim de semana. A questão é: como explicar para a barriga e para o cérebro da gente que eles só podem ter vontade de doce no sábado ou no domingo? Impossível! Além disso, tudo o que é proibido tem um sabor especial de transgressão, e com as bolachinhas não era diferente. Por isso pensei num plano infalível para conseguir comer biscoitinhos de coco em plena terça-feira sem que ninguém em casa percebesse.

Esperei minha mãe sair, peguei minhas economias na gaveta do criado-mudo e guardei no bolso. Depois passei no banheiro e preparei uma bolsinha com escova de dentes e uma pasta bem cheirosa. Então desci para brincar no condomínio, como eu sempre fazia.

Só que naquele dia não fui para o parquinho ao lado do prédio. Em vez disso, segui direto para um supermercado que ficava ali perto. Atravessei a rua com todo o cuidado e entrei na loja torcendo para não encontrar nenhuma vizinha amiga da minha mãe, porque isso estragaria meu plano.

Aquele parecia ser meu dia de sorte. Na seção de biscoitos encontrei minha marca favorita bem na altura dos olhos. Peguei o pacote azul, fui até o caixa e comemorei silenciosamente quando constatei que o dinheiro economizado seria suficiente para pagar pelo pacote. Então guardei minha compra no saquinho e fui andando de volta para casa.

Já dentro do condomínio, encontrei um lugar tranquilo e sentei-me para saborear as deliciosas bolachinhas crocantes. Eu estava feliz com a minha coragem e esperteza, orgulhosa de mim mesma. Terminei o lanchinho e fui até o banheiro do salão de festas do prédio, afinal precisava escovar os dentes antes de chegar em casa para ninguém desconfiar do que tinha acontecido.

Mas a porta do banheiro estava trancada! Se eu contasse toda a história para o porteiro, talvez ele me emprestasse a chave, mas talvez também comentasse com a minha mãe. Então fui até ele e usei todo o talento de interpretação para fingir que estava apertadíssima

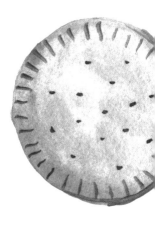

para ir ao banheiro. Deu certo, só de ver minhas pernas cruzadas ele já estendeu a mão com a chave do banheiro do salão.

Aliviada, escovei os dentes como se estivesse indo para uma consulta no dentista, devolvi a chave e voltei para casa toda faceira. Chegando lá minha mãe abriu a porta com um grande sorriso e eu, toda feliz, sorri de volta. Mas assim que começamos a conversar ela disse:

— Filha, você não estava no parquinho? Por que está com esse cheiro de pasta de dente?

QUEBRA-CABEÇA DE BOLO

Eu devia ter uns 12 ou 13 anos quando decidi montar meu próprio negócio. Sempre gostei de cozinhar e desde pequena aprendi a fazer gostosuras na cozinha. Mas minha especialidade eram os bolos. Assim, juntei minhas mesadas e comecei uma fábrica de bolos na cozinha de casa.

O primeiro cliente foi um primo que ia fazer aniversário e a mãe encomendou um bolo sofisticadíssimo de chocolate com cobertura de brigadeiro. Ingredientes comprados, bolo feito, eu tinha de ir a pé entregar. É verdade que como eles moravam no prédio ao lado a caminhada não era muito longa, mas lembro bem que aqueles foram passos lentos e bastante nervosos, afinal, um simples tropeço me faria derrubar o bolo e com ele toda a confiança no meu talento para os negócios.

Passaram-se algumas semanas e depois das primeiras entregas comecei a notar que meus pedidos vinham sempre de algum parente. Então, percebi que, se não aumentasse a clientela, em pouco tempo a família inteira já teria feito aniversário e meu sonho empresarial estaria arruinado. É como dizem por aí: a propaganda é a alma do negócio!

Como naquela época eu passava boa parte do dia na escola e não tinha nenhuma verba disponível para imprimir folhetos nem para publicar anúncios em revistas, minha única saída era apostar no boca a boca.

Então, depois de uma aula de educação física, aproveitei que a professora estava guardando bolas e colchonetes e disse, assim como quem não quer nada:

— Sabia que eu faço bolos para festas de aniversário?

Na hora fiquei com muita raiva de mim mesma e tive vontade de engolir aquelas palavras de volta. Imagine só oferecer bolos de aniversário! E se a professora precisasse de um bolo para um casamento ou para um chá com as amigas? Mas enquanto me penitenciava pela péssima divulgação do meu próprio produto a professora virou-se para mim com uma expressão muito séria e perguntou:

— Você faz bolo de chocolate?

— Sim.

— Com cobertura de brigadeiro?

— Minha especialidade!

E assim, entre a aula de educação física e a de matemática, acabei vendendo um bolo para alguém que não era nem uma amiga da minha mãe querendo me agradar, nem uma tia, prima ou avó. Aquela era uma cliente de verdade e combinamos que ela pagaria em dinheiro na entrega do bolo!

Cheguei à aula de matemática com o coração acelerado e naquele dia os únicos números que me interessavam eram a quantidade de farinha de trigo, de ovos e chocolate em pó que eu precisaria comprar.

A professora queria o bolo para o aniversário da filha, que também era aluna da escola. A entrega seria no final das aulas do período da tarde, três dias depois da encomenda.

Com toda eficiência e organização, fiz a lista dos ingredientes, comprei tudo e na véspera, assim que cheguei da escola, comecei a preparar o bolo. Eu só tinha uma assadeira grande, que na verdade era da minha mãe, mas ainda não era hora de investir em equipamentos, então o jeito foi fazer uma produção parcelada. Primeiro a camada de baixo e depois, no dia seguinte, a de cima, para ficar bem fresquinha.

No dia da entrega, já cheguei da escola em estado de alerta, pois teria apenas algumas horas para fazer a parte de cima do bolo, rechear, enfeitar tudo com confeitos coloridos e entregar para a professora na porta da escola.

Logo depois do almoço, fui para a cozinha, fiz a massa e coloquei para assar. Enquanto o bolo crescia, decidi conferir o estoque e descobri que a fábrica de bolos não tinha confeitos suficientes para enfeitar uma receita tão grande.

Assim que a massa assou, tirei-a do forno, desenformei, passei o recheio e cobri com a outra camada de massa que eu já havia feito na véspera. Aí deixei o bolo ainda morno em cima do armário da cozinha e fui em busca de balinhas coloridas na loja da esquina.

Saí e voltei muito rápido, já comemorando, porque o bolo tinha desenformado sem quebrar nem um pedacinho. Entrei em casa feliz da vida e fui até a cozinha concluir o trabalho. Faltavam apenas duas horas para o horário combinado, mas o bolo estava praticamente pronto e esse tempo seria mais que suficiente para cobrir a massa com o brigadeiro e decorá-lo com as balinhas.

Mas chegando lá fiquei paralisada. O bolo da festa que há poucos minutos estava inteirinho, fora devorado pelo meu irmão. Eu não conseguia acreditar no que estava vendo. E agora? O que eu ia fazer? Como ia explicar para a professora e para a aniversariante que não ia ter bolo de chocolate com cobertura de brigadeiro na festa porque meu irmão tinha chegado em casa com fome?

Briguei muito com ele, afinal ele sabia que minha fábrica de bolos estava temporariamente instalada na cozinha de casa. Mas a verdade é que eu não podia perder tempo, não podia perder nem um minuto. Eu tinha de pensar numa solução para reconstruir o pedaço do bolo que havia sido comido.

Como cada camada de bolo levava em média 45 minutos para assar, as duas horas que me sobravam não seriam suficientes para refazer as duas massas, assá-las e enfeitá-las a tempo de chegar no horário combinado. Então, liguei o forno e comecei a bater mais uma receita, só que dessa vez eu não queria um bolo alto e fofo, precisava de um bolo bem fininho, que assasse bem depressa. Depois de pronto, construí uma pilha com camadas desse bolo fininho, entremeadas por brigadeiro, que servia de cola para a minha torre. Aos poucos, fui preenchendo o pedaço que faltava com as camadas do minibolo e com a ajuda de uma super-hipermegacamada de cobertura de brigadeiro e mais algumas balinhas. Disfarcei o remendo e saí às pressas equilibrando o bolo no colo enquanto a minha mãe dirigia para a escola em alta velocidade.

Quando paramos num semáforo, já quase chegando ao local da entrega, decidi levantar um pouquinho o papel-alumínio que cobria o bolo e vi que o remendo estava escorregando para o lado e a cobertura de brigadeiro estava escorrendo pelo espaço que ficava entre o bolo de verdade e a torre de minibolos. Já não dava mais tempo de voltar para casa. Mas ainda tinha uma solução. Quando o carro parou no estacionamento da escola, levantei o papel-alumínio e, com a mão mesmo, empurrei a torre de bolo para o lado, passando o indicador sobre a cobertura para dar uma coladinha com brigadeiro. Aí foi só mudar algumas balinhas coloridas de lugar e o bolo parecia novo.

Ainda assim, quando entreguei a minha obra de arte e a professora levantou o papel que a cobria, precisei me segurar para não ir logo explicando tudo o que tinha acontecido. Minha vontade era pedir desculpas pelo fiasco de bolo remendado que eu tinha entregado e sair logo daquele pesadelo. Mas para a minha surpresa, antes que eu dissesse qualquer coisa, ela deu um sorriso e tirou do bolso as notas que totalizavam 15 dinheiros da época. Não acreditei! Ela gostara do bolo e eu estava mesmo recebendo um dinheirão pelo serviço prestado!

Agradeci à professora com um enorme sorriso no rosto e fui encontrar a minha mãe, que ficou me esperando no carro. No caminho, guardei o dinheiro dentro da meia para não correr o risco de deixar cair e fui correndo encontrá-la para agradecer a carona e comemorar a entrega.

Ela acompanhara toda a minha epopeia com o bolo e, assim que entrei no carro, quis saber se dera tudo certo. Eu, comemorando a entrega, abaixei-me para pegar a pequena fortuna e exibi-la, orgulhosa, como símbolo da minha grande conquista.

Mas as notas não estavam mais onde eu havia guardado e, com os olhos cheios d'água, constatei que havia perdido de uma só vez os 15 dinheiros e toda a minha vontade empreendedora.

Até voltei a fazer bolos, mas só para os amigos e parentes. Aquela foi a última vez que aceitei encomendas.

NÃO DEU
PARA SEGURAR

Na época de escola sempre fiz parte da turma do fundão. Não sei dizer ao certo como isso começou, se foi por vontade própria ou se foi por causa dos professores que me colocavam lá atrás para eu não atrapalhar a visão dos colegas com a minha altura.

Minha turma não era das mais bagunceiras, a gente até ia bem nas provas e, ainda que sem muita vontade, acabava fazendo tudo o que a professora pedia. Mas o que a gente gostava mesmo era de conversar. E era tanto assunto e tanta piadinha durante a aula que os bilhetes escritos em pedacinhos de papel zanzavam para todo lado.

Como eu me divertia na escola! Mas teve um dia que nunca mais esqueci. O recreio já tinha acabado e quando tocou o sinal voltamos todos tagarelando para dentro da sala de aula. Eu tinha dois grandes amigos naquela época e era com eles que estava batendo papo. Tudo corria como de costume, a não ser pela vontade de ir ao banheiro, que aumentava a cada minuto. Mas a conversa estava tão engraçada que acabei ficando com muita preguiça de ir até o final do corredor. Com o tempo fui ficando cada vez mais apertada e quando a professora começou a falar precisei ficar de pernas cruzadas para evitar que o xixi escapasse.

Só que, quando a aula acabou, os meninos começaram a falar uma bobagem maior que a outra e eu não conseguia parar de rir. Aos poucos a minha risada foi virando uma mistura de euforia e nervosismo e percebi que mesmo que levantasse da cadeira para ir até o banheiro eu não conseguiria mais chegar até lá a tempo de evitar uma desgraça.

Tentei parar de ouvir as piadas, mas não consegui e, então, entre uma risada e outra, acabei deixando escapar um pouquinho. Mas as piadas e os comentários engraçados não paravam e quando eu já não podia mais aguentar senti que um calor úmido molhava minhas pernas. Por sorte usava as calças de moletom do uniforme, que eram bem grossas e absorveram todo o líquido, evitando assim que uma enorme poça se formasse embaixo da minha cadeira. Pode-se dizer que eu estava aliviada quando a próxima professora entrou e começou a explicar a atividade. Mas a alegria durou pouco porque logo comecei a sentir um cheiro forte vindo de debaixo da minha mesa. Para disfarçar o perfume da tragédia cobri as pernas com um casaco que morava na minha mochila e, antes que pudesse relaxar, me dei conta de que ao fim da aula teríamos de nos reunir numa fila por ordem alfabética perto da porta, com a mochila no ombro, para esperar o sinal que anunciaria o fim de mais um dia de escola.

O simples pensamento de que teria de me levantar junto com todos os colegas foi o suficiente para impedir que eu prestasse atenção no que era proposto pela professora. Aquela foi provavelmente a aula mais demorada da minha vida escolar.

Quando chegou a hora de irmos para fila, eu disfarcei, fingindo que estava arrumando o material. Depois amarrei o casaco na cintura, coloquei a mochila nas costas e fui andando o mais devagar que pude até chegar à fila. Postei-me em último lugar e fiquei bem quietinha na esperança de que ninguém me visse ali.

Nessa hora, enquanto torcia para tocar logo o sinal do fim da aula, um amigo virou-se para mim e disse com uma cara de nojo inesquecível:

— *Tá* um cheiro aqui, né?

E eu, com a maior cara de pau do mundo, concordei:

— Nossa, é mesmo.

E ele:

— Parece xixi.

E eu:

— Deve ter entupido a privada do banheiro.

Para minha sorte, antes que a conversa tomasse caminhos mais perigosos, o sinal tocou e saiu todo mundo correndo, cada um para um lado. Então, como fazia todos os dias, fui até o lugar combinado para encontrar minha mãe e meu irmão e irmos para casa.

Que dia! Eu estava aliviada porque o sufoco tinha acabado e logo eu estaria em casa, onde, sem maiores incidentes, tiraria a roupa molhada e tudo voltaria ao normal.

— Oi, mãe, tudo bem?

— Oi, filha, que cheiro é esse?

— Como assim? — tentei disfarçar, afinal ela poderia estar se referindo ao cheiro da pipoca com manteiga, que realmente estava fortíssimo. Mas não deu certo.

— Você fez xixi na calça?

Meu silêncio foi o bastante para ela entender tudo. Então, achei que meu segredo estaria protegido se eu ficasse perto dela. Só que meu irmão apareceu e não estava sozinho.

— Estão todos aí, podemos ir para casa?

Não entendi direito, ou não quis acreditar no que meus olhos estavam vendo. Mas minha mãe explicou:

— Hoje seu irmão vai levar dois amigos para brincar em casa!

Hoje, não!!! Não podia ser verdade, era muito azar para uma pessoa só. Como eu ia entrar no carro e sentar no banco de trás e me espremer entre três meninos gigantes sem deixar que percebessem o que estava acontecendo? Como se já não bastasse o desconforto das calças molhadas, comecei a transpirar de nervoso e segui muda até o carro.

Contrariando a regra e o bom senso, que diziam que as crianças deviam sentar no banco de trás, mesmo que fossem empilhadas umas em cima das

outras, minha mãe, numa atitude brilhante, disse que ficaria muito apertado para todos irem atrás e pediu para eu me sentar na frente.

Antes de seguir com a história quero lembrar que estou falando de uma época em que os carros não tinham cinto de segurança no banco de trás e cadeirinhas de criança ainda não haviam sido inventadas.

Mesmo assim, meu irmão protestou na hora, afinal ele era bem maior que eu e, no seu modo de ver, andar no banco da frente era quase igual a dizer que alguém já era adulto. Mas por sorte minha mãe foi firme e encerrou a conversa, pedindo que eu me sentasse no banco do passageiro.

Tudo parecia bem até que na primeira curva um dos amigos reclamou:

— *Tá* um cheiro estranho aqui, não *tá*?

E minha mãe respondeu com a maior naturalidade:

— Não estou sentindo nada.

Claro que era mentira. A essa altura o carro todo fedia a xixi estragado e eu, que já estava com a mochila no colo para tentar abafar o perfume azedo que saía de mim, estava com vontade de pular pela janela.

No curto caminho da escola até nossa casa, foram quatro reclamações do cheiro no carro, até que a minha mãe ligou o rádio no volume máximo, desencorajando qualquer tipo de conversa ou comentário desagradável.

Eu estava muda e assim que entramos na garagem minha mãe pediu que eu fosse direto chamar o elevador. A ideia, genial, aliás, era deixar que eu subisse antes dos outros, mas, como tudo que é ruim sempre pode piorar, naquele dia os meninos saíram do carro super-rápido e chegaram ao elevador antes que a porta se fechasse.

É claro que durante a subida o pesadelo continuou.

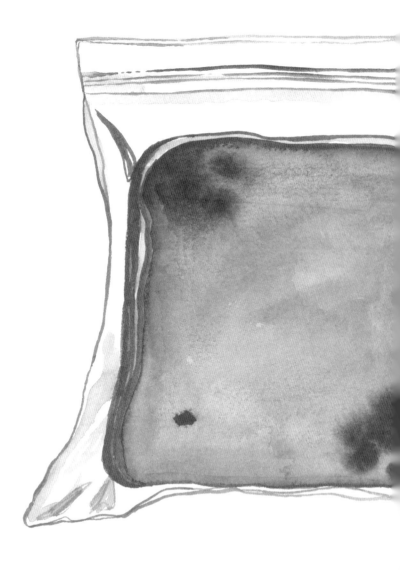

— Gente, não é possível que ninguém mais esteja sentindo esse cheiro, parece xixi! — disparou um amigo, inconformado.

E minha mãe mais uma vez tentou me salvar, mudando de assunto.

— Filho, você mostrou o bilhete para sua professora hoje? Ela respondeu?

Meu irmão fez que sim com a cabeça e começou a abrir a mochila para pegar a caderneta da escola com a resposta da professora, só que, antes de encontrar o que estava procurando, ele deixou cair no elevador um saquinho plástico com um lanche antigo, que pela aparência devia estar esquecido na mochila há uns mil anos. Foi a deixa para o tal amigo emendar:

— É isso! Eu sabia que tinha alguma coisa fedendo no carro. Eu disse que estava um cheiro azedo e era esse lanche estragado na mochila, que nojo!!!

Com isso, o elevador finalmente chegou ao 15º andar e eu pude tranquilamente trocar de roupa.

Lição aprendida: antes de acabar o recreio, vale a pena dar uma passadinha no banheiro.

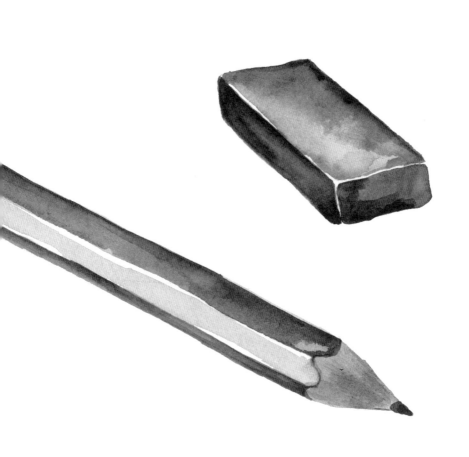

Minhas férias

Volta às aulas era sempre a mesma coisa. Estojo arrumado, lápis apontados e na primeira chance algum professor pedia um trabalho sobre as férias.

Minhas férias sempre foram cheias de histórias para contar. Ia para a casa dos meus avós, brincava na fazenda, andava solta para todo lado, curtindo uma liberdade impensável numa cidade como São Paulo.

Mas naquele dia a professora ousou muito e fez uma coisa radical. Em vez de pedir um desenho sobre as férias, deu uma proposta de redação com o título ultracriativo: Minhas férias.

Depois de vários anos repetindo a mesma proposta, cheguei ao fundamental dois, que naquela época se chamava ginásio, com verdadeiro trauma de redações e desenhos sobre as férias. Mas a verdade é que naquele dia até achei divertido falar sobre um dos meus noventa dias de férias. Noventa dias? Será que é por isso que os professores hoje são mais criativos na volta às aulas? Será que é porque as crianças agora têm míseras quatro semanas de férias no verão e talvez não tenham tantas coisas incríveis para dividir com os colegas na volta às aulas?

O fato é que dos noventa dias, cada um com vinte e quatro horas, escolhi fazer um texto de trinta linhas sobre o presente enorme que a minha avó tinha ganhado de Natal. Depois de fazer uma linda redação, a gente ainda tinha de ir lá na frente da classe e ler em voz alta para todo mundo ficar sabendo das novidades.

Então, lá foi o João e contou que tinha ido ao teatro com os primos. Depois foi a vez do Ricardo, que tinha ido para a praia com os pais, e em seguida a Fernanda leu um texto sobre o brinquedo que tinha ganhado de Natal. Assim que ela terminou, a professora Andreia perguntou para a turma: alguém mais escreveu sobre o Natal? E eu toda faceira levantei a mão, me candidatando para ser a próxima a ler lá na frente.

Quando a professora autorizou, fui até a lousa com meu caderno e me posicionei para começar a leitura. Ela então quis saber:

— Patricia, o que você escreveu?

E eu com a maior naturalidade do mundo:

— Escrevi sobre a égua da minha avó, professora.

— O quê? Isso é jeito de falar de uma pessoa da família? Mas que falta de respeito!

— Mas a redação é sobre ela, professora. Eu brinquei muito com ela nas férias.

— Se você vai insistir nisso pode ir direto para a diretoria. E leve seu caderno porque a diretora não vai acreditar se não puder ver com os próprios olhos essa falta de respeito.

— Mas professora...

— Não quero ouvir suas explicações. Isso não é jeito de falar da sua avó.

— Mas professora...

E sem me deixar explicar ela me levou para a diretoria, contou tudo o que tinha acontecido, pegou o caderno das minhas mãos e mostrou à diretora, que deu uma olhada rápida no texto e em seguida pediu que eu lesse a redação. Comecei pelo título:

— A égua da minha avó.

E foi o bastante para a professora esbravejar mais uma vez.

— Eu disse que era um absurdo. Como é que pode, uma menina que eu achava tão educada se referindo dessa forma a uma avó? Esse tipo de xingamento é inaceitável!

— Siga em frente, Patricia — pediu a diretora.

— No Natal do ano passado todo mundo ganhou brinquedos incríveis, mas a pessoa mais sortuda foi a minha avó. Ela foi a única que ganhou um animal de verdade...

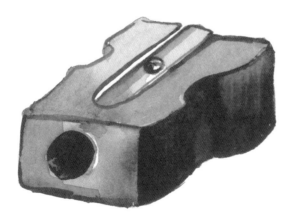

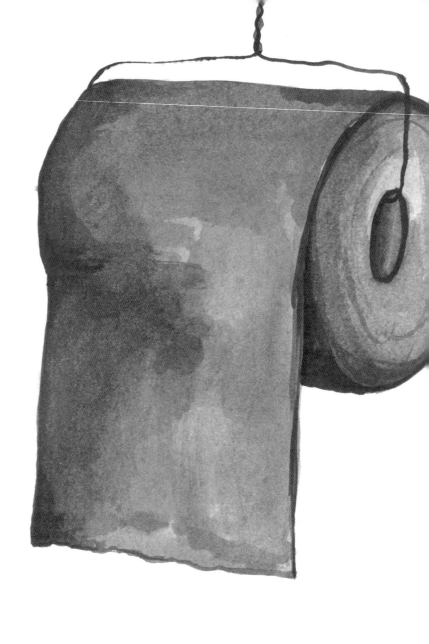

Uma vez salomé, sempre salomé!

"Uma vez bandeirante, sempre bandeirante!"

Com esse grito de guerra, terminou mais uma reunião do grupo de meninas uniformizadas e cheias de broches e distintivos pregados nos ombros. Mas aquela não era uma reunião qualquer, era o último encontro antes de um grande acampamento, e grandes acampamentos eram o sonho de qualquer bandeirante.

Saí da reunião toda animada e fui para casa com uma lista enorme de roupas e objetos que teria de fazer caber na mochila verde que, além de muitos bolsos, exibia também marcas e remendos conquistados em acampamentos anteriores.

Camisetas, *jeans*, capa de chuva, casaco e o uniforme azul-marinho completo para a cerimônia do fogo de conselho, a noite mais incrível da viagem, em que o grupo todo se reunia em volta da fogueira e saboreava os rituais da vida bandeirante. Tudo arrumado em rolinhos e separado em sacos plásticos que protegiam o conteúdo da mala em caso de chuva, já que naquela época o tecido das mochilas não era impermeável e as barracas resistiam no máximo a uma garoinha antes de o teto começar a ceder.

Mochila pronta, parti para o embornal, que devia ter uma lanterna potente com pilhas novas, um prato inquebrável, um lanchinho para a viagem e um *kit* de talheres com uma colher bem grande, já que a porção de doce de leite e goiabada da sobremesa costumava ser limitada a uma colherada por pessoa.

No dia marcado, partimos cedinho e seguimos viagem em dois ônibus lotados de meninas cantantes. Depois de algumas horas, chegamos à fazenda onde seria armado nosso acampamento e com a ajuda de uma enorme corrente humana descarregamos as bagagens, passando malas, comidas, ferramentas e barracas de mão em mão até deixar tudo organizado embaixo de uma árvore.

Em seguida fomos divididas em equipes, cada uma com uma tarefa, afinal a tenda da cozinha e o fogão de barro precisavam ser montados a tempo de preparar o almoço, e os banheiros e barracas precisavam estar firmes antes de escurecer.

Na divisão das equipes, o trabalho mais chato era montar salomé e barnabé, que nada mais eram que a versão bandeirante para vaso sanitário e chuveiro. Salomé era na verdade um caixote de madeira com um dos lados aberto e o outro com um furo bem grande no meio. A gente cavava um buraco bem fundo e colocava o caixote em cima com o lado aberto para baixo e o buraco na parte de cima. Depois armava uma cabaninha de lona em volta dele para garantir um mínimo de privacidade a quem estivesse ali dentro. Aí, pronto, o banheiro estava montado! E funcionava bem, a não ser pelo papel higiênico que ficava pendurado na cabana por um pedaço de sisal e de manhã acabava todo grudento por causa do orvalho. Conseguir soltar um pedaço de papel úmido se equilibrando sobre um caixote de madeira furado com uma fila de meninas esperando para usar o salomé a apenas uma barraquinha de distância era realmente uma experiência inesquecível. A descarga era substituída

por uma pá de cal, que mata as bactérias, mas infelizmente não elimina o cheiro podre da mistura de dejetos de toda uma população de acampantes. Por isso, mesmo estando ao ar livre, o cheiro nos arredores do salomé era horrível.

Já o barnabé era uma instalação bem simples. Uma tenda, com um gancho no alto onde a gente pendurava um balde de lata cheio de furos no fundo que fazia as vezes de chuveiro. Como encher o balde dava o maior trabalho e às vezes a gente precisava andar bastante para achar água num rio ou numa nascente, um balde cheio tinha de render no mínimo dois banhos.

Depois de explicar tudo isso, já dava até para prever que eu estaria na equipe dos banheiros, não é? E além de ter sido escolhida, para dificultar ainda mais o trabalho, nosso grupo era formado por meninas bem novas, não tinha nenhum adulto para nos ajudar! Achei aquilo meio injusto, mas me cobri de espírito bandeirante e fui em frente, pronta para fazer minha parte naquela viagem e ajudar o grupo a ter mais conforto e higiene durante o acampamento.

A primeira tarefa importante da equipe era escolher o lugar ideal para cavar o buraco do salomé. Não podia ser perto demais das barracas para não contaminar nosso sono com aquele cheiro horrível, nem longe demais para não dar medo de chegar até lá numa emergência noturna.

Após muito pensar e pesar prós e contras, decidimos começar a cavar numa área mais baixa, onde as árvores fariam sombra sobre a nossa construção. Acreditamos que assim ao menos o conforto térmico estaria garantido no nosso banheirinho e, num dia quente como aquele, isso faria a diferença, principalmente durante a escavação.

A primeira hora cavando produziu bolhas em minhas mãos, mas, como éramos uma equipe, não foi difícil convencer outra pessoa do grupo a assumir o meu posto. Troquei a escavação com o "tatu" pela enxada, que servia para puxar a terra solta de dentro do buraco. Duas horas inteiras cavando, o sol da hora do almoço se aproximando e o nosso projeto de salomé tinha ainda pouco mais de meio metro de profundidade.

A essa altura, outras equipes, encarregadas de tarefas menos árduas, começavam a passar pela gente e seguir em direção à cozinha, que já funcionava a todo o vapor embaixo de uma lona amarrada às árvores com pedaços de sisal.

Enquanto fazia uma pausa no trabalho para limpar o suor e tomar o último gole de água do cantil, acenei para uma bandeirante que passava lá longe. Ela tinha sido minha coordenadora e eu admirava muito sua eficiência nos acampamentos e sua habilidade com nós e amarrações. Não consegui ouvir direito, mas lá de longe ela gritou qualquer coisa do tipo:

— Vocês se lembraram do salomé do outro acampamento!

Eu, toda orgulhosa, comemorei internamente a sábia escolha da localização do salomé. Afinal, pelo que ela estava dizendo, bandeirantes mais experientes já tinham acampado nessa fazenda e, ao que tudo indicava, tinham escolhido exatamente o mesmo local para montar o banheiro.

Mais alguns centímetros cavados, mais algumas gotas de suor e lá de longe outra coordenadora elogiou mais uma vez a nossa escolha:

— Bandeirantes, vocês não se esqueceram do salomé do último acampamento?

Para ela eu dei só um sorrisinho. Afinal aquele não era o primeiro elogio feito à posição geográfica da nossa escavação e queria que ela acreditasse que a coincidência do local tinha sido planejada. Repetir

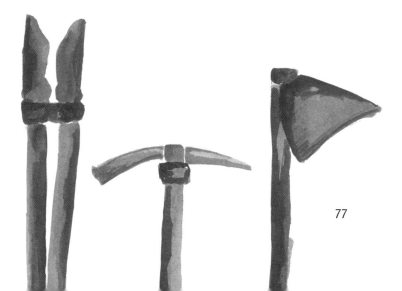

uma escolha bem-sucedida parecia um motivo mais importante que a sombra da árvore para definir a posição do salomé.

Seguimos cavando nossa fossa e, quando faltavam apenas alguns centímetros para atingir a profundidade ideal, o solo começou a amolecer. De repente ficou mais fácil cavar e já comecei a imaginar os próximos elogios:

— Nossa, além de acertarem na posição do salomé, ainda cavaram uma fossa muito mais funda que o normal. Parabéns, equipe!

Só que além da terra amolecida um cheiro estranho veio do nosso buraco, e depois de mais alguns golpes de enxada e escavadeira, objetos não identificados começaram a sair de lá misturados à terra. Restos de papel, a terra amolecida, rolinhos de papel higiênico usado, o cheiro... O silêncio tomou conta da nossa equipe. Ninguém queria dizer o que todas nós já tínhamos percebido.

Então, do outro lado do acampamento, a minha ex-coordenadora, bandeirante experiente, viu a cena de longe, percebeu o desânimo da equipe e gritou:

— Eu tentei avisar!

Aniversário em inglês

Eu tinha 15 anos quando fui passar uns meses nos Estados Unidos para aprender inglês. Era janeiro, um frio danado no hemisfério norte e eu passando as férias com uma família americana que nunca tinha visto, frequentando uma escola estranha todos os dias, em um lugar no meio do nada chamado Farmville.

O vilarejo era tão longe da civilização que para chegar numa estrada asfaltada a gente andava 45 minutos de carro em ruazinhas de barro que em dias de neve ficavam fechadas, porque nem os tratores conseguiam chegar até lá para limpar o caminho.

Cheguei a Farmville sabendo bem pouco de inglês e a comunicação com a família era difícil, ainda mais porque naquela região as pessoas falam um inglês com tanto sotaque que muitas vezes até quem é fluente na língua tem dificuldade para entender.

Logo nas primeiras noites, percebendo que toda a família trabalhava muito para cuidar da casa e dos animais, quis causar boa impressão e, com as poucas palavras que eu conhecia, juntei uma frase capenga e me ofereci para ajudar. A resposta veio sem titubear:

— Claro! — disse a mãe americana. — A partir de amanhã você é quem dá comida aos porcos antes da escola!

Comida aos porcos? Antes da escola? Com aquele frio? Quando ofereci ajuda, eu estava imaginando tirar o pó de algum armário, passar aspirador na sala ou lavar a louça do café. Alimentar os porcos debaixo de neve realmente não estava nos meus planos.

Mas não tinha mais jeito. Eu estava lá como hóspede, e eles se esforçavam para me agradar. O mínimo que podia fazer era ajudar com as tarefas da casa. Então lá ia eu todo dia, às seis horas da manhã, alimentar animais gordos e sujos que me recebiam sempre com barulhos estranhíssimos. Que saudades dos porquinhos cor-de-rosa dos desenhos animados!

Com o tempo acabei me acostumando com eles e com toda a rotina da casa. Mas nem todos os animais eram cordiais como os porcos do chiqueiro de Farmville. A família tinha um gato lindo e peludo que, ao que me informaram, morava no meu quarto antes de eu chegar. Acontece que não sou muito fã de gatos e esse especialmente não me despertava nenhuma vontade de ser simpática. Era só entrar no quarto para ele ficar em posição de ataque, fazendo questão de mostrar garras e dentes enquanto bagunçava os lençóis da cama. Mas a família adorava o bichano, que na frente deles era só um gatinho dengoso e feliz, e eu entendi que teria de aprender a conviver com aquela bola de pelo ambulante.

Na hora do jantar, o gato se sentava embaixo da mesa e desconfio que até ele entendia melhor que eu o que era dito em inglês. As conversas se estendiam até tarde e eu me esforçava muito para acompanhar minimamente o assunto. Nem que fosse só para poder rir com todo mundo quando alguém contava uma piada. Isso não significava que tinha entendido a graça, era apenas uma tentativa teatral de parecer educada e inteligente.

Numa dessas noites, tentando puxar assunto comigo, o pai americano me perguntou o dia do meu aniversário. Tenho certeza de que não foi por acaso. Ele deve ter imaginado que alguém que pretendia morar três meses nos Estados Unidos saberia pelo menos dizer qual é a data do seu nascimento na língua local. E de fato eu sabia. Afinal, números, meses e dias da semana estavam logo nas primeiras páginas do livro de inglês da escola. Então, muito orgulhosa, eu disse devagar e pausadamente, usando todo o meu conhecimento linguístico:

— M-Y B-I-R-T-H-D-A-Y I-S O-N J-A-N-U-A-R-Y 30 — ou seja, meu aniversário é no dia 30 de janeiro.

Eu sabia que em inglês as palavras treze, *thirteen*, e trinta, *thirty*, eram muito parecidas e me lembrava bem do professor brasileiro ressaltando a importância da pronúncia na hora de falar esses números. Mas estava segura da minha incrível frase e naquele momento achei que o investimento dos meus pais nas aulas de inglês estava começando a valer a pena.

Era dia 11 de janeiro, eu estava lá havia apenas nove dias, mas começava a me sentir em casa naquele lugar. Já não almoçava sozinha na cantina, já tinha causado uma ótima impressão ajudando a alimentar os porcos e tinha entrado no time de vôlei da escola, que depois de uma semana de treino se mostrou o pior time da história do esporte, e isso infelizmente explicava o fato de eu ter conseguido a vaga.

Só que em meio a essa maré de boas notícias alguma coisa começou a mudar. De uma hora para outra percebi as pessoas da família cochichando e escondendo sacolas. Preferi pensar que ainda eram as pessoas fofas que tinham acolhido tão gentilmente a estudante brasileira que não sabia falar inglês. Então, criei para mim mesma a desculpa de que estavam apenas querendo comer as guloseimas mais caras sem ter de dividi-las com sua hóspede. Achei que aquela era uma vontade legítima e decidi respeitar.

Mas as coisas foram ficando cada vez mais estranhas e no dia 13 recebi um recado na escola avisando que eles iriam atrasar para me buscar. Comecei a achar que a família tinha cansado da brincadeira de hospedar uma estrangeira e estava se preparando para me mandar para outra casa em outra cidade qualquer. Justo agora que eu já estava me acostumando com o gato!

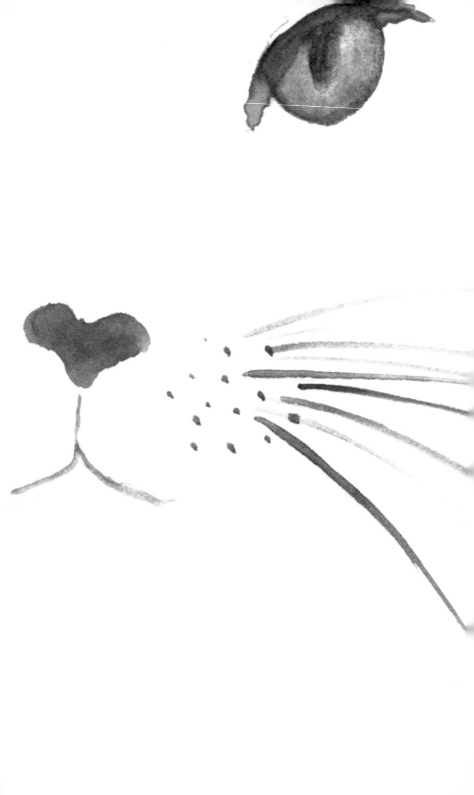

Não disse nada e fiquei esperando até mais tarde na escola. Quando enfim minha irmã americana chegou, entrei no carro em silêncio e voltamos para casa sem dizer uma palavra. Alguma coisa estava errada, ela parecia estar evitando olhar para mim. Será que o meu intercâmbio de três meses seria interrompido bruscamente logo na segunda semana? Assim que chegamos em casa ela deu três buzinadas, como se anunciasse a nossa chegada. Entrei em silêncio, esperando pelo pior, mas quando pisei na sala encontrei a casa toda enfeitada com balões coloridos e umas vinte pessoas gritando ao mesmo tempo: "Happy birthday!". Não entendi nada e comecei a olhar em volta para tentar descobrir de quem era o aniversário. Vendo a minha reação, a mãe americana se aproximou com um grande sorriso no rosto e, enquanto me dava um abraço apertado, que, confesso, fez eu me sentir em casa novamente, disse:

— Happy birthday, my dear! — ou seja, feliz aniversário, minha querida!

O quê? Aniversário? Mas faltavam uns vinte dias para o meu aniversário! Então nessa hora me lembrei novamente do meu professor de inglês e de como ele insistia na importância de pronunciar os números corretamente para que ninguém confundisse treze com trinta. Tarde demais. O motivo dos cochichos e comportamentos suspeitos estava explicado. A festa tinha sido preparada e àquela altura só me restava sorrir e aproveitar os quitutes e guloseimas preparados para o grande evento.

No dia seguinte, liguei para casa em São Paulo e me diverti contando os detalhes da festa para os meus pais.

Aí janeiro foi passando e no fim do mês já quase nem me lembrava mais da data oficial do meu aniversário. Quando o dia 30 chegou agi naturalmente como se aquele fosse só mais um dia qualquer. Acordei, dei comida aos porcos, briguei com o gato, que resolveu brincar dentro da minha gaveta de meias, e fui para a escola como fazia sempre.

Só que quando cheguei em casa no fim do dia a mãe americana veio toda contente me contar que uma amiga ligara do Brasil havia poucos minutos para me dar parabéns pelo aniversário. Ela falou do telefonema, deu uma risadinha e emendou:

— Um pouco atrasada sua amiga, não é? Seu aniversário foi dia 13!

A marca FSC® é a garantia de que a madeira utilizada na fabricação do papel deste livro provém de florestas que foram gerenciadas de maneira ambientalmente correta, socialmente justa e economicamente viável, além de outras fontes de origem controlada.

Esta obra foi composta em MetaPlusBook e impressa em ofsete pela Gráfica Santa Marta sobre papel Alta Alvura da Suzano S.A. para a Editora Escarlate em março de 2025